KB007114

시담포엠 시인선 026

시집 했습니다

이 영 두 번째 유고 시집

시담포엠 시인선 026

시컵 했습니다

2021년 8월 20일 제 1판 인쇄 발행
2023년 9월 20일 제 2쇄 인쇄 발행

지 은 이 | 이　영
펴 낸 이 | 김성규 박정이
편 집 인 | 김세영
대표 겸 편집주간 | 박정이
펴 낸 곳 | 도서출판 시담포엠

출판등록 | 2017. 02. 06
등록번호 | 제2017-46호
주　　　소 | 서울시 강남구 테헤란로 311-1321호〈역삼동, 아남타워〉
대표전화 | 02)568-9900 / 010-2378-0446
이 메 일 | miracle3120@hanmail.net

ⓒ2021 이 영
ISBN 979-11-89640-15-6
값 15,000원

* 잘못된 책은 구입하신 서점에서 교환해 드립니다.
* 이 책의 저작권과 전송권은 저자와 출판사에 있습니다.
* 이 도서의 국립중앙도서관 출판시도서목록〈CIP〉은 서지정보유통지원
  시스템 홈페이지(http://seoji.nl.go.kr)에서 이용할 수 있습니다.

시담포엠 시인선 026

시집 했습니다

이 영 두 번째 유고 시집

도서출판 시담포엠

✍ 시인의 말

제 첫 번째 시집 『마리앤의 사랑』 내고 나서
두렵고 감사하는 마음으로
박정이 선생님의 가르침과 격려에 힘 입어
두 번째 시집 『시컵 했습니다』를 내게 되었다.
팔순의 나이가 도리어 나를 어린 시절로 돌려줘
초등학교 4학년 때 학교 대표로 글짓기대회에 나갔으며,
어릴 적 입상으로 이렇게 두 번째 시집으로 돌아왔다.
지금 난 올해 3월 초순 폐암이란 판정을 받고 항암 중이다
아들의 끊임없는 헌신과 보호가 나를 이토록이나
건강하게 이끌어 주고 있다.
하느님 참으로 감사드립니다.

저의 아들 이하영(Alfonso)을 제 곁에 보내 주셨음에,
부끄럽고 미숙한 글이지만 나름대로 펼쳐 보이고 싶어
사랑하는 아들과 오빠 내외
남동생들 내외 여동생들 내외와 함께
이 기쁨을 나누고 싶다.

2021년 여름에
이　영(Marianne)

차례

차 례

차 례

첫 시집을 낸 후

젊은 부부가 환하게
인사한다
엘리베이터에서
시인이시죠
내 얼굴을 알아보고
나의 시를 공유한 그들의 말에
순간적 환희가 온몸을
하늘을 날고 있는
기쁨의 날개
감사의 날개
누군가에게
펼쳐 보이고 싶다

저만치 고추잠자리가 날아가고 있다

몽블랑 볼펜

내 아들이 선물한 몽블랑 볼펜
처음으로 써내려간 글자
매끄럽고 부드럽게
손가락에서 미끄러지듯이
글자가 쓰여진다

펜으로
싸인을 해야 할 일이 내 곁에
매끈하게 이름이 그려졌다

남아있는 여정도
비단결 같은 몽블랑 팬처럼
흐르는 물결 따라 졸졸
흘러 가고싶다

2019년을 보내면서

하룻밤 남은 2019년
묶어두고 싶은 2019년
보내고 싶지 않은 2019년

시인으로 등단하고
시집도 출간한
숨겨두었던
내 작은 꿈이 펼쳐진
2019년 이라는 기해년

하늘나라에 가서도
잊지 못할 것 같은
생애 가장 행복 했던
한해였노라고
세상은 이토록이나
아름답고 찬란하다고

누군가에게 한없는
감사를 드린다

다이어트

2년 만에 만난
두 살 아래인 사촌 여동생
세월의 흔적을 느끼지 못하겠다
차라리 더 젊어진 것 같아
팔순을 바라보지만 아직도
아름다움을 얘기하는 우리들

그러다가 내게 던진 말
언니가 조금 살이 찐것 같은데
더 이상 찌우지 말란다
결국 다이어트 찬양을 던지고 가면서
새해 계획표에 넣으란다
모든 걸 작고 가볍게……

매봉산 광장에서 뒤뚱거리는
뚱보 비둘기가 보인다

아들의 웃음꽃

2020년 신년호
어느 잡지표지에 실린
아들의 얼굴
환하게 웃는 미소에서
풍겨 나오는 행복바이러스가
내 온몸을 휘감는다

아들의 웃음은
저절로 웃음꽃 피우고
어딘가로 홀씨 되어
날아간다

활짝 핀 동백꽃이
내게 와서 얘기한다
따스한 홀씨가
차가운 사랑 밭에서
웃음꽃 피우고 있다고

우울한 세상살이에서
살짝 나와서

아들의 여행

아들은
3박 4일간의 베트남 여행
설 명절 연휴로
나라 바깥으로 날아가는 여유로움
몇 년 만에 처음이다

들려오는 아들의 음성
설 명절 잘 쇠란다

나는 TV 일기예보를 눈과 귀로
더욱더 열심히 보고 듣는다
귀국하는 날 전국에 비가 온단다
불안하고 불안하다

정월의 겨울비야
비행기 오는 길 위에선
잠깐 멈추어다오

날씨 걱정으로
잠 못 이루는
엄마의 간절한
기도이다

3월의 매화

매년 3월이면
매화가 가장 먼저 반긴다
우리아파트 주차장 입구
매화향기 향긋하게
코끝을 스치면

어릴 적 산지기 할아버지
밭에 있던 몇 그루의 매화나무
찐한 매화향기 온 동네로
퍼진다

나는
달려와 꽃내음
활짝 핀 매화에 취하고
탐스런 매실이 주렁주렁
새콤달콤
또 내년을 기다리라고 한다

해질녘 언덕의 황혼 객에게는
내일을 알 수가 없다

봄날의 그리움

낯선 흙내음 불안감
잿빛 구름 속의 내 마음
하얀 뭉게구름으로 바꾸어준
그녀를 그리면서
걷고 있는 이 산책길

길옆 화단에 키 큰 목련
가지 끝에 매달린 목련꽃이
눈부시게 하얗다
그날도 그랬지
고귀한 목련꽃의 아름다운 자태
쏟아진 햇빛에
내 마음도 활짝 피었지

오늘따라 같이 걸었던
그녀가 몹시 그립다
사랑하고 그리운 마음

황혼길
가느다란 가지 끝에 매달아
바람결에 날아간다

수줍음

빠알간 뺨이란
별명이 붙었던 20대 초반
쾰른(Koeln) E-병원에서
아르바이트하던 시절
아침 인사로 복도에서
손을 내밀며 악수를 한다
짓궂은 의사 선생님
내 손을 잡고는 한참이나
시간을 끈다
부끄러워 얼굴이 달아오른다
그 순간을 보려고

부끄러움이 저절로 베어 나와
순수한 흔적이
아름다웠던 시절

지금은 무디어진 감정에
감각의 표현도 굳어진 황혼길
부끄러움
누군가 맘에 들어 설레게
하던 달콤한 말
어쩌면 황혼 길에서도
느껴야 할 고마운 말

수줍었던 내 시절

비바람 청소기

활짝 핀 이팝나무 꽃들이
하늘을 가리고 꽃 짐을 지고
사방팔방에 쌀밥을 뿌린다
벼락과 함께 쏟아진 봄비에
온 밥을 다 뿌렸다

비 온 뒤
눈부시게 깨끗한 이팝나무
초록 잎들이 맘껏
초록을 뿜어내고
초록의 아름다움을
뽐낼 수 있는
자연의 위대한 질서

더러움과 악취
송두리째 청소해주는
최고의 청소기 비바람

노래에 취하다 1

누군가 보내온
카톡 속의 사랑 노래
달콤한 멜로디
초콜릿 향이 나는
감미로운 목소리에
내 마음 녹아
풋풋한 스무 살로
돌아갔다

노래에 취하다 2

봄 향기 가득한 소리 향에
오랫동안 머무르고 싶은
그대와 나
환상적인 하모니
흠뻑 빠져든 황홀감
소리가 소리에 멈춘다
순간
황혼 길에 서성이는
메마른 가지에서
들려오는 목소리
봄의 판타지는 저 멀리
지나간 어제는
오늘의 멜로디이다

어김없는 질서

이른 봄
새벽이 돌아오면
연초록 잎들이 생글거리다가
화려한 꽃들이 피고 지고

초록이라는 성숙한 여인이
진초록의 절정에 다다른다

갈색 가을 하얀 겨울을
거듭 만나면서
나도 같이 걸어간다

허지만
나는 다만
한 번의 봄여름 가을 겨울이란
무대 위에서 노닐다가
말없이 사라진다

연갈색 롱코트

검정색 롱부츠에
밍크 털 곁들인 연갈색 롱코트
검은색 커다란 가방을 든 내게
유럽의 어떤 모델 보다
더 멋진 내 여자 친구라고 불러주었던
파란 눈의 베버(Weber)가
내게 코트를 입혀주었던 지난날

오늘 시인 박정이 선생님이
운영하는 까페에서
일어서는 내게
멋진 코트를 자기가 입혀주겠다며
팔을 펼치라는 말을 한다
그 순간
20년 전 떠나간 베버(Weber)가
갑자기 내 곁에서
따스한 손길로 입혀준다

오늘도
나는 추억의 한 조각을 입었다
연갈색 롱코트다

겨울비 내리는 날

한가하게
겨울비가 내리고 있는 오후
꾹꾹 눌러 두었던 추억들이
붕붕 떠오른다

우연히 접한
달콤한 멜로디에
젊은 날의 파아란 꿈들이 흩날려
못 다한 꿈들에
겹쳐지는 얼굴들
그리움들
이제는 회색빛으로 흘러간다

허지만
아직도 따스한 두 팔로
감싸주었던 누군가는 또렷하게
빗소리 속에서 더 잘 그려진다

가느다란 겨울비 오는 오후
빠르게 달려가는
황혼역이 마냥 낯설기만하다

전염병
– 나의 치료제는 파란눈의 베버(Weber)였다

1989년
겨울 시작하면서
여름까지 콜록 기침으로
폐결핵 양성 환자가 되었던 40대 후반

폐결핵을 앓던 내 몸은
다리가 후들거리고 눈을 떠도 캄캄했다
무서운 전염병으로 생각하고
두려워 나를 피하려는 그때 사람들

그래도 내 곁에서
맛있는 레스토랑에서
영양보충, 기분전환 등
치료에 커다란 힘이 되어준
나의 치료제는
파란눈의 베버(Weber) 였다

지금도 가끔 생각나는 사람

오늘도 떠오르는 추억의 한 토막을
살며시 끄집어내어 그려 본다

코로나 19

자동문이 저절로 열리고
마스크가 먼저 보인다
들어오는 손님이 두렵다
오는 사람이 마냥
반가웠던 때가 아득하다

건강한 사람만이 들어오는 문
모든 건 믿는 것에 따라
흘러간다는 걸
세월에서 배웠다

누군가의 보살핌이
절실해지는 지금
코로나 바이러스가
행복 바이러스로 바뀌어
두려움 없는 반가움으로
서로 마주 보게 되었으면.

오페라 나비부인 Madam Butterfly
– 코로나로 텅 빈 로마를 보면서

1964년 20대 초반 여름 방학 때
3주간의 로마여행 독일에서 기차로
어느 독일 신부님의 인솔 하에
20여명의 대학생들과 함께 여행을 갔다

오늘은
콜로세움(Colosseum) 원형극장에 도착했다
70년경 건설 시작 80년에 건축이 끝난
대리석 건축물
검투사 경기를 보러오는 5만명 가량의
관객을 수용하는 거대한 원형극장

1964년 어느 여름 오후
살랑거리는 바람결 따라 석양을 배경으로
'오페라 나비부인'이 펼쳐진다
많은 관람객이 객석을 다 채웠다

오페라 나비부인 2

유럽 여러 나라에서
한여름 오후의 오페라를 보기위해
1년을 일하고 로마의 휴일
콜로세움 광장의 오페라를 관람 하는 게
커다란 꿈이라는 유럽인들의 이야기다

내년엔 오페라 '아이다' 를 공연한다는
마지막 말이 끝나면서
박수갈채 속에서 많은 사람들이 일어선다

오페라 나비부인의
황홀한 무대 감미로운 멜로디에
넋을 잃고 취했다

'어떤 갠 날' 의 아리아는
세상이 다 내 것 인양
'나비야, 나의 나비야' 의 처절한 멜로디가
아직도 내게
오래도록 메아리 되어 남아있다

까치집

작은 까치 한마리가 입에
나뭇가지를 물고 날아간다
나도 따라갔다
까치가 까치집을 짓고 있다

한겨울 지난 지금
나무 끝에서 새순이 나오기 전
가지들이 여릴 때
사랑의 보금자리를
둥그렇게 꾸민다

방금 도착한 까치가
누군가를 향해
간절한 노래를 부른다

해질녘 길손에게도
희미하게 메아리친다

두 개의 선글라스를 선물 받다

햇볕 따스한 봄날
오후 두시쯤
아들과 나란히 걷고 있다
선글라스를 끼라고 한다

조금 오래된 선글라스가 무거워
이제는 가벼운 게 더 좋아
세월 따라 반비례 한다고 했다

아들이 선택한 연분홍빛
젊음이 넘친다 기분도 최상이다
회갈색 중년의 색은 멋진 분위기
머뭇 머뭇거려지는 순간
아들이 두 개를 다 선택했다

깊디깊은 아들의 마음
선택의 기로에 헤매는 내 마음
넉넉함으로 마침표를 찍는다

나의 발길은 가벼운 깃털이 된다
날개 달고 허공을 날고 있다
햇볕 속 눈뜨기가 선명하다

발걸음

분홍색 선글라스가
얼굴에 얹히면
발걸음은 저절로 가볍게
나비처럼 내딛고 있다

회갈색 선글라스가
내 눈에 얹히면
발걸음은 바르게 모델처럼
걷는다

선글라스 낀 은발의 내 모습
어느 모델보다 멋지다고 칭찬한다

아들이 선물한 두 개의 선글라스
거울에 비친 내 모습이
색깔에 따라 다르게 느껴져
나도 모르게
무의식속에서 내가 걷고 있다

더불어 따뜻하게

코로나 전염병으로
아이들 힘들겠지요
나의 말에
들려오는 아들 친구 엄마의 말

세월 따라가야지요
잘 될 때도 안 될 때도
언제나 처럼
같이 걸어가야지요

따스함이 베어나온다
부족함이 없는 느긋함
나만 괜히 불안해

그 순간
나직이 들려오는 목소리
모든 곳 모든 사람 다같이
G선상의 아리아

생일 미역국

지난 생일 미역국을 끓였다
아들과 저녁밥을 집에서 먹는다
어릴 적 좋아하던 멸치볶음에
참기름 깨소금 조금 더 넣고 뿌려
더 고소한 반찬을 맛있게 먹는다
내 배가 저절로 불러온다

땀을 뻘뻘 흘린 얼굴로 들어와
손만 겨우 씻고 맛있게 먹었던
볼이 빠알갛던 그 소년이
조금은 나이가 묻은
청년의 얼굴로 바뀌어져
내앞에 앉아 밥을 먹는다

세월의 흔적을 아들 얼굴에서 본다
시간은 내 곁에만
머물러 주면 좋으련만
사십대 중반의 청년이지만
내게는 아직도 어린이다

하이얀 뭉게구름

가느다란 봄비 내린뒤,
매봉산 등산길의
꽃 샘 바람이
내 얼굴을 때린다

피하고 피하다가 하늘을 본다
형언할 수 없을 만큼
아름다운 뭉게구름들
부드러운 목화솜이다

파아란 하늘 하이얀 뭉게구름
자연이 주는 아름다움이
가슴 저리게 느껴진다
느긋한 황혼 속 여유로움이 주는
즐거움

가버린 어제
아름다운 맘속 물결이
출렁인다

어떤 인연

코로나로 한가한 어느 오후
무심코 보게 된
앨범 속 사진한 장

흘러간
어제의 인연
어설픈 만남
우연한 모임
잠깐 동안의 자리함
잘못 본 눈 맞춤
같은 공간과 시간속의
가벼운 스침
누군가와의 만남이였다

그건 만남이 아니라
한때의 마주침이다 라는
어느 스님의 말씀이 떠오른다

내 친구 매봉산 까치

매봉산 중턱 나의 운동 장소
오후 이맘때쯤 어김없이
찾아오는 까치 한 마리
또 한 마리

말없이 앉았다가
흙속에서 꼭꼭 쪼아 먹이 몇 점
먹고는 머뭇거리다가
훌쩍 날아간다

보이지 않으면 서운해
오늘도 반갑다고 인사하고
날아간다

모든 조물 들 과도
과연 인연 이란 게
있을까?

연둣빛이 출렁인다

연두 빛
초록의 향연이 그리워
한낮에 산길로 걸어간다

어젯밤 비 내린 바로 뒷날
상큼하고 산뜻한 숲들의 향기로움
쏟아지는 햇살에
반짝거리는 잎새들의 춤
노을 속 황혼 객, 마음만은
젊은이 같은 밝은 눈으로 맘껏
보고 느끼고 싶어

나는 신선한 숲 향기를
향수병에 가득 담아 사랑하는 나의
아들에게 보낸다
탁한 공기 속에서 찌뿌려진
아들 가슴에
박하사탕 같은 향기로 뿌려줄게

황혼 역에 남아있는
유일한 나의사랑은
사랑하는 내 아들이다

빌딩 주차장 관리인

친구가 차를 지상에 주차한다
주차 관리인이
지하 1층에 주차 시키란다
실력이 부족하여 지하에 주차를
못하겠다고 우기면서 지상에 주차를 하구선
7층 아들 병원으로 진료를 받으러 왔다
나도 같은 시간대에 진료를 마치고
둘이서 내려와
병원장 직인 찍힌 주차권을 내밀고
차 키를 받으면서
자기는 병원장 엄마 친구이고
황혼의 엄마이니 지상주차를 허용해달라고
부탁한다고 하니 고개를 끄덕이면서
친구는 병원장 가짜 엄마이고
날 더러는 진짜 엄마란다
주차 관리인의 지혜로운 너그러움에
웃음이 저절로 나왔다
잘생긴 7층 원장님은 젊은 부인은 안 나타나고

황혼의 엄마들 들락거리고
다른 층 원장님들은 젊은 사모님들이 들락날락
아들도 결혼 해야지요 하며 웃는다
우리도 같이 웃었다

자기 일에서 작은 웃음거리도
만들어 가는 그 관리인이 지혜롭다
서로에게 기쁨의 원천이다

거꾸로 가는 먹이 놀이

창밖의 초록 잎들이 살랑거리는
봄바람을 바라보면서
아들과 마주 앉아 저녁밥을
즐기고 있다

눈 돌려 둘러보니 은발의
손님은 나와 어느 한 사람
어린아이들과 젊은이들의 광장
걸어온 나의 길이 멀리도 왔다는 걸
지난날에는 내가 아들에게
맛있는 걸 가져다주는 뷔페 음식이
이제는 아들이 내게 가져다주는
거꾸로 가는 먹이 놀이

저 멀리 아득했던 행복이
바로 내 앞에 앉아 있다

해 질 녘 언덕에서
사랑하는 아들과 한가하게
즐기는 일상의 저녁밥
이 소박한 소망이
행복이란 걸 새삼 느낀다

나의 발렌 타인 데이

현관문 앞에 놓여있는
작은 택배 상자
아직도 받는 즐거움에
내 마음 훨훨
가벼운 상자
분명히 내 이름으로 배달돼

발렌 타인 데이인 2월 14일 후
삼사일 뒤엔
나는 초콜릿을 선물 받는다
나의 발렌타인데이
아들이 보내준다

향기로운 초콜릿
20대 초반 독일에서 맛보았던
그 달콤한 초콜릿 맛
그 후로 지금껏 초콜릿 먹기를 즐긴다
회색빛 황혼 길에 당뇨 환자들도 많지만
그래도 초콜릿은 나와 같이 간다

첫 경험인 유럽 초콜릿의 맛
잊지 못하는 그 마법 같은
향긋한 감미로움
젊은 날의 향수이다

안개 속 내 얼굴

친한 친구의 음성이
아침을 열었다
그냥 즐겁다

뒤따라 들려온
젊은 엄마의 음성
오랫동안 기다렸던
그녀의 목소리
벌써 20여년이 흘렀다
이제는 그리움도 엷어졌다

어제쯤 도착했더라면
기쁨의 절정에서
연분홍 보랏빛 호접란처럼
나비되어 훨훨 날았을 것을
허지만 반가워

빠알간 제라늄이
나를 쳐다본다
그녀를 닮았다
안개 속 내 얼굴 이다

진정한 우정

2020년 코로나 19로
거의 반년 만에 보는 얼굴이다
음성으로는 언제라도
서로의 텔레파시가 부딪히면
길게 노래를 부른다

보석 같은 내친구
오늘도 식탁을 마주하면서
둘이서 만났다가
헤어져 가는 길도 즐거웠다

진정한 친구라는 걸
둘이서 느끼는 이 행복
오래도록 간직하게
집에서 또 부른다

겉으로는 무뚝뚝한 인사말
그래도 우리 둘은 잘 알아듣는다
깊은 사랑의 뜻으로
서편에 기울어진 노을 속
황혼 길이 즐겁다

황혼을 벗었다

이른 오후 매봉산에서
집으로 돌아오는 길, 누군가
뒤에서 빠른 걸음으로 따라와선
내 앞으로 오다가
옆으로 물러서며 정중하게 한마디
강경화외교부 장관을
오늘 여기서 만났군요
정말 멋지십니다
은발의 내 모습을 보구선
내게 던진
엉뚱한 칭찬의 말,

내 발걸음도 흥얼거린다
지금껏 보지 못한
등산하는 남자 중에
제일 호감이 가는 은발의 신사였다

잠들기 전,
젊은 날의 청춘으로 돌아간 나는,
오랜만에 가슴이 두근거린다
비슷한 또래에서 들은
진정 어린 칭찬,
황혼 속 가슴에도 따스한 온기가
아직 남아 있나 보다

나는 황혼을 벗었다

창밖의 아침 인사

바로 침실 앞 창문
창틀 난간대에
까치 한 마리
내게 아침 인사를 하고 떠난다
조금 후 비둘기 한 쌍이
그 자리에 앉았다가
정답게 인사하고는
유유히 날아간다

말없는 그들이 내게 커다란
기쁨의 소리를 한껏 안겨준다
자연의 신비함 서로가 이끌리며
연결되어 같이 걸어가는가 보다
나도 까치와 비둘기들에게
아침 인사 건넸다
반갑고 즐겁다고
홀로가 아니라는 걸
가르쳐주는군
매일 등산하는 매봉 산 친구들

아침 새들의 정겨운 합창이,
아들의 점심 초대로 이어져
가끔 들러는 레스토랑 식탁 위
숟가락 젓가락들도
춤을 춘다

애기 친구 사귀기

네 살배기 남자 아이가
환하게 웃으며 인사한다
어제까지 부끄럽고
흰머리가 두려워
돌아섰던 아가야

내게 일년은 하루 같건만
네 살배기 아기에겐
일년이란
삼백육십오일 만큼
다양하게 성숙하고 뻗어나가
웃으면서 자전거로 달린다

나 역시 밝은 미소로
다정하게 인사했다
아가야도 사귀기가 어려운 세상
나는 끊임없이 관심과
눈웃음을 보낸다

욕실 실내화

19살 순이
발가락을 닮았다
밝으레한 살색 환한 빛깔

아이보리 욕실 실내화가
조금 짙은
아이보리 대리석 바닥과
한 몸으로 어우러져
이토록이나
아름다운
발가락이 되었다

분홍빛 살색의 발가락이
아이보리 실내화와
궁합이 맞아 웃고 있다
모든 게
조화의 아름다움이다

나는 향수를 뿌려요

작가님 저도
향수를 뿌려요
나이듦의 살 냄새가
싫어요

기분이 우울할 땐
그 위에
빨강색 립스틱도
발라요

작가님 글 속으로
저도 닮아 가네요
향수와 립스틱을
제게 선물 했어요

귀여운 후배의 통화를
듣는 순간
나도
그냥 웃음이 나오네요

좋은 아침

거실 창가의 호접란
창문으로 들어온
햇빛과 바람
연분홍 보랏빛 꽃잎들이
햇빛 사랑 속에서
유난히 반짝인다

두 겹의 꽃잎들이 나비되어
활짝 펴서 날고 있다
서로의 간격을
유지하면서
좋은 아침이라고
인사한다

밀물처럼 밀려오는 그리움

영 리 (Young Lee)
언니라고 부른다
30여 년 전 같은 공간에서
수화기를 내게 건네주던
미스 노(노 양)

그리움이 밀물처럼 밀려온다
디터(Dieter)의 음성
지금 쯤 은발의 노신사로
어느 하늘 아래에서든 거닐고
있으면 좋으련만

노양도 벌써 50대 후반
그녀의 가슴 한 조각엔
나의 40대가 새겨져 있다
지나간 좋은 인연이란 30여년이
흘러도 새롭게 즐거워진다

나는
해질녘 노을 길에서 잠시나마
젊은 날의 일기장을 뒤적여본다

아, 세월이여.....

맥문동과 꿀벌

도곡동 도로변
초라한 화단에 핀
맥문동 꽃에
윙윙거리는 꿀벌들

등산길 조용한 길섶에 핀
깔끔한 맥문동 꽃에는
꿀벌이
춤을 추지 않는다

먼지 속 도로변 화단에는
수없이 많은 꿀벌들이
보라색이다
그 작은 맥문동 꽃술에
바쁘게 입맞춤한다

꿀벌 역시도
도심 속 소란한
화려함이 좋은가 보다

하이얀 인조 여름 깔개

갑자기 땀이 난다
침대 위의 깔개가 나를 데운다
지난 세월 몇 십 년이 지난
엄마의 솜씨로 만들어준
그 흰 인조 깔개

장농 밑에 깊숙이 보관해둔
유행 지난 그 옛날 인조가
낙원속 잠자리로 만들어준다

엄마의 사랑과
지난날 정서가
나를 포근한 잠자리로
이끌어 준다

나는
따뜻한 엄마의 사랑에 젖어
어릴 적 나로 돌아가
꿈속에서 자고 있다

변하지 않은 글씨체

젊은 날 한 공간에서
서로를 알아 가며
글로서 얘기하던 시절
그녀에게 보낸 나의 글씨체가
30여 년이 지나도
변하지 않았단다

얼마 전 손 글씨로
짧은 얘기
편지 속에 넣어 보낸
내 글에 대한 답장

나의 얼굴을 본 듯
반가운 글씨체
오래도록 보려고
코팅해 보관한단다

30여 년 전 그녀의 앳던
모습을 사랑했던 맘도
변하지 않았다

예행연습

내일의
첫영성체 예식을 위해
오늘의 예행연습을
친구 손자가 하고 있다

인생에도 예행연습이
있었다면
어떻게 되었을까
마지막 날을 모르게
태어났으니
맘껏 오늘을 펼친다

그 누구도
예행연습을 할 수 없어
하루를 연습 아닌 실제로서
성실하게 살아가게
하느님께서 주신
오늘이라는 선물이다

같이 울고 웃어요

낯선 지역이 주는 두려움
억양이 다른 소리에서 오는 이질감
나이 듦의 소외감
배우 같은 표정의 이웃들
속마음 알 길이 없어
외로움이 자리한다
울고 있는 나를 발견하고
눈물을 보내온
진정한 후배 애독자

처음으로 맞이한 강남의 삶이
내게 주었던 선물 이었다

이제는 같이 웃어요
그 강남에서
시인이 되었으며
이 또한 즐겁지 아니한가요
알 수 없는 내일의 삶
다만 하느님의 섭리에
따를 뿐이옵니다

기쁜 소식
– 문학상 수상

나의 눈을 의심하면서도
그냥 웃음이 나온다
수상자에 나의 이름이 있다
환희의 절정
저절로 배가 부른다

마음속 날개
훨훨 날아서 아들 귀로
나보다 더 크게 웃는
아들의 음성

코로나 우울증을 날려 보낸
너의 기쁜 소식
코로나 백신만큼이나 반가워
친구의 극찬

내일이면 팔순
하늘을 날고 있는 나에게
들려오는 말씀
언제나 기뻐하십시오
끊임없이 기도하십시오
모든 일에 감사하십시오
다시금 되뇌어 본다

글과 그리움 그리고 가족

– 문학상 수상을 하고 나서

나의 수상 소식에 대한
막내 여동생 이경숙의 글
계절에 딱 맞는 한국의 풍경을
그린 듯이 써서 내려갔네요
나이 들어도 이렇게 순수한 감성이
풍부하다니 놀라워요

늙어가는 것이 아니라 익어가는 것이오
갈수록 빛을 발하는 것 같습니다
더욱더 발전하시어 우리를 늘 기쁘게
하시옵소서
막내 여동생의 남편 박남식의 글

축하 전화 후
우리 가문의 영광이네요 다시 한 번 더 축하
우리 가족 모두의 파이팅입니다
첫째 여동생 이국자의 글

나이는 숫자에 불과하고 정열을 불태우는
큰 누님의 젊은 투지력에 존경과 찬사를
보냅니다
첫째 남동생 이해영의 글

최우수상 아무나 할 수 없는 것
큰 누님 실력이 없으면
어떤 배경 상황에서도 될 수 없는 것
축하 축하합니다
둘째 남동생 이해술의 글

노년의 아름다운 승리
큰 누나의 수상을 진심으로
축하드립니다
막내 남동생 이철의 글

우리 모두의 영광으로 생각하고
마음속 한 지붕 아래서

마음껏 노닐었습니다
서로가 즐기었습니다
축하의 글 감사합니다
고마운 동생들의 글

병마와 싸우고 있는
오빠 이해수의 건강을 위해
다 같이 기도합시다

고마운 사람 베르나르드Bernard

베르나르드 축일에
생각나는 50여 년 전의 베르나르드
독일에서
20대 초반의 동양 여자가
그냥 좋아서 자기 집으로 식사 초대해
행복한 가장으로 그림도 그린단다
그때 모델이 되어 달라는 청을
거절한 나의 옹졸함

진정한 사랑이 뭔지도 모르던 시절
다만 외로운 이방인 여자에게
그저 따스한 정을 전하고 싶었을 것을

지금 황혼 길에서도 떠오르는 베르나르드
사랑이란 말은 못 해도
아무것도 바라지 않은 순수한 마음으로

바라만 보던 눈길
오랜 기억 속에서도
그리워하는 것만으로도
행복합니다

두려움

갑자기 가려운
왼쪽 이마 위 물 사마귀
조금씩 커지는 모습에
불안감도
광선 각화증 이란다

큰 병원에서
도려내는 수술을 하기 위해
몇 년 만에 가는 큰 병원
모든 것이 기계화다
번호표 뽑는 것도 모르는 나의 무지가
두렵다
초로의 옆 사람이 은발의 선배한테
가르쳐준다

새것에 대한 두려움을
벗어버리자
기계와 친숙하고 새로운 용어에도
익숙해야 버티어 갈수 있다

가을 하늘 위 새털구름이
어딘가로 흘러가고 있다

빛나는 얼굴

그 남자의 얼굴에서 빛을 본다
주위가 환하게 밝아져
매봉 산에서 내려오는
어느 남자 탈렌트의 모습
산으로 올라가는 나의 곁을
스치는 순간
환한 눈빛에 눈길이 간다

행운이 찾아오면
얼굴에 빛이 난다고 했다
유명하게 되어 남에게 자주
얼굴을 보여 주는 사람들이
그렇게 빛이 나는가 보다

얼굴이 말해주는
그 남자의 표정처럼
빛을 발하는 얼굴이
아름다운 얼굴이다

스산한 가을 등산길에서
그려보는
마음속의 작은 가을 여심
나도 해질녘 노을 길을
잠시 비추는
아름다운 얼굴이고 싶다

보트놀이 1

해 질 녘
바다 위의 보트 놀이
파도 속 거친 흔들림은
굴곡의 삶을 닮아 두렵다

호수 위의 보트 놀이
카약 타기
두려움 없는 즐거움이다

누군가와의 보트 놀이가
한 폭의 추억놀이로
나를 데려간다

저무는 언덕에서 바라본
노 젓는 보트 놀이는
달콤한
청춘 놀이이다

보트 놀이 2

저녁노을을 등에 지고
보트가 해안으로 들어온다

아련한 그리움
싱그러운 후배가 나와 같이
보트 놀이를 하고 싶어 해

조금 먼 바다로 나가서는
선배님을 좋아한단다

지금쯤
황혼길 들녘에서
보트 놀이를 보면
나처럼
해 질 녘 바닷가를 그려 볼까

효자 아들

아들이 말한다
나는
돈을 버는 직업이고
엄마는
돈을 쓰는 직업이란다

내 말을 전해들은
친구가
아들이 참 효자란다

계산속의 지폐에서
즐거움 속의 지폐로

오늘도 시간은 말없이 흘러간다
나의 소비도 같이 흐르면서
알 수 없는 내일로 걸어간다

노을속의 황혼 객이여
머뭇거리지 말고 지금
좋은 일 하시구려 한다
비록 아들 것이지만.

아름다운 강변

경기도 양평에 온
하루 여행지
힐하우스도 구경하고
서울로 돌아오는
한강변의
아름다운 풍경이

어느 사이
20여 년 전 라인강변의
아름다운 풍경으로 바뀌어
독일 프랑크푸르트(Frankfurt)
친구와 달리고 있었다
지나간 필름이 오늘의
고운 추억으로 자리한다

저 머얼리 노을빛이
환하게 하늘을 물들인다

석양 길 위에
따스한 인연으로
낯설게
거닐고 있는 이 행복
맘속에 자리하고 있는
낙원 속 강변의 모습이다

오래된 우정

– love of old friend

연갈색 배들이
보따리에서 나온다
먼 데서 달려온
친구 과수원의 향기
진한 사랑의 표징이다

달콤하고 감미롭고 촉촉한
이 보드라운 맛을 올해도 먹는다
과수원 배농사도 서투른
친구와 그녀의 남편이 키운
사랑의 열매

잰틀맨은 새것을 좋아해
황혼 객은 묵은 사랑을 좋아해

하루가 다르게 새로워지는
오늘의 세상에서
오래된 친구의 우정이
가장 진한 사랑이다
노을빛 물든 친구여
오늘도 또렷하게 이름 부르며
서산으로 걸어가세

늦가을 길목에서

늦가을 하늘
빠알갛게 물들인
석양에 반사되어
뿜어내는 샛빠알간
아름다운 피빛 단풍이여

해질녘
노을 길목에 서서
가슴 저리도록 아린
가을 남자의 타는 가슴을 본다
봄바람 꽃잎보다 더 아름다운
적포도주 빛 가을 단풍,
붉은 극치의 아름다움이여

마지막 남은 불꽃을 다 태우고
떠나려는 너의 몸부림

찬란한 진홍빛 열정 덩어리를
가을바람 따라
미련 없이 날려 보낸
갈색 나그네는
그대 닮은 늦가을 나무

문화 상품권

오늘 아침
우체부가 건네준
문화 상품권
복지관 공모전 참가
당선된 답례품

어느 상품권에서도
맛볼 수 없는
이 커다란 기쁨
달콤한 향내음
춤추고 있는 나

누군가에게
노랑 나비되어
날아가 속삭인다
해질녘 노을길이
길어진다

눈뜨기가 가벼워

안경 없이 글자가 보인다
눈뜨기가 가벼워
몸속의 찌꺼기들 훌훌
눈뜨기도 무거운게
황혼 길의 일상이다

마음속 먹구름도
날려 보내
머릿속도 가벼워
발걸음도 가뿐하게
청명한 가을 하늘이 더욱더
파아랗게 높아 보인다

모든 찌꺼기들
가을 바람결에
실어 보내고
저 나뭇가지 위
까치나 참새처럼 가볍게
언덕 너머로 날아가련다

옷 길이의 묘미

지난날 코트보다
비록 3센티 더 길지만
갑자기 우아해 보인다
옷 길이에서 뿜어 나오는
풍미와 멋스러움
예전엔 미처 몰랐었다

젊은 날엔 처마길이가
짧을수록 발랄함으로 여겼지만
은발의 여행객에겐
처마길이가 길어질수록
더 멋스러워

이제야 깨닫는다
옷 길이의 묘미를
세월의 흐름에서
오는 지혜 일까
옷맵시의 편안함 일까?

저만치 날아간다

봉은사 대웅전을 둘러싼
산속같이 아늑한 산책길
언젠가 걸었던 그 길을 그리며
찾은 오늘의 봉은사

산책길은 있건만
좁다란 길 위에 솟아오른
기와지붕의 나열이다
성스러운 사찰의 기운을 얻고
맡고 싶어 찾은 산책길은 사라지고
기와지붕 사이의 좁은 길만 반긴다

답답한 마음 어딘가로 눈길이 갔다
교육관의 화단과 담은
그 옛날 모습을 지닌 채 서 있다
올가을 처음 보는 잠자리도
성스러운 곳을 찾아온 듯
저만치 날아간다

사천왕이시여
한마디 하시구려
성전을 성전답게 보존하라고.

가오리 요리

어느 한식집에서
가오리 회무침을 먹는다

머릿속에선 엄마 표
가오리찜 요리를 먹고 있다
어릴 적 엄마가 해준
된장과 잘 어우러진 가오리찜
우리 엄마의 명품요리
몇 번이고 해 보았지만
그 맛이 나지 않아
그 많은 형제들과 네모진 밥상에서
붙어 앉아 같이 먹던
희미한 그림 속으로 들어갔다
요즈음은 가오리 보기도 귀하다

새콤한 회무침에서
먹고 있는 색다른 가오리의 맛
날 것과 익은 것
얕은맛과 깊은 맛
우리네 사람도 비슷한 것 같아

저무는 노을 역에서
잠시 좋은 사람들과
즐거운 밥상을 마주했다

보고 싶다

오늘 우연히 조병화 시인의
시를 읽었다
밀물처럼 밀려오는 친구의 앳딘 모습
여고 1학년 겨울 방학 전
내게 건네준 크리스마스 선물
조병화 시집
내 맘속에 지상 최대의
선물로 자리 잡아 있다

그 후로 한 번도 보지 못한
그녀의 모습
천사 같은 그녀의 마음속에
나비되어 날아가 속삭이고 싶다
보고싶다 라는 말이
이토록이나 가슴 저리도록
간절한 말이란 걸
너로 인하여 알게 되었다고

밝은 눈동자 하이얀 네마음
벌써 60여년이 흘렀구나
어느 하늘 아래에서든 두발로
바스락 거리는 낙엽이라도
밟고 있으면 좋으련만
보고 싶은 나의 친구야

미리 받는 선물

2020년 11월 마지막 주일
점심을 같이한 후
미리 크리스마스 선물을
하고 싶단다 아들이
오늘의 젊은 산타클로스 할아버지

갖고 싶었던 크기의 핸드백을 들고
비춰본 거울 속의 모습이 아름답다
한 켤레의 신발을 신겨보니 잘 어울린다
마후라를 걸치니 더욱 돋보이게 멋이 난다
아들이 다 선물 하겠단다
내년의 팔순 생일 선물까지 미리 선물하기로

오늘이 최고의 젊은 날 이오니
매일 신고 들고 몸에 걸쳐서
멋을 부리란다
하루 하루 멋 부리기에 불편하게
되어가는 엄마의 친구들을 본다

오늘이 최고의 행복한 날
또한 제일 젊은 날 이란 걸 생각하며
누군가에게 그저 감사할 뿐이다

Merry Christ-mas and
Happy Birth-day!

다름의 미학

모든 얼굴들이
각자의 모습으로
각양각색의 개성 미
겉모습 다 다른 아름다움
다만
눈 코 귀 입의 가는 길은
다르지 않다

어쩌면
세상의 얼굴들이
하나도 같지 않아
신비롭다

양심과 생각도 다르겠지만
아름다움을 느끼는 감정과
사랑의 감정 그리고
울고 싶은 감정은 같을 거라고

잠시
다름의 미학에 젖어본다
참으로 오묘한
하느님의 섭리다

알프스의 우유 초콜릿

milka(밀카)라는 초콜릿을
57년 만에 롯데마트에서 만났다
알프스의 우유로 만든 초콜릿
20대 초반 독일에서 처음으로
보았고 입안에 넣어본
혀끝의 달콤함에 빠져들었던
그 감미로움의 황홀함

저물어 가는 길목에서
지난날의 향수에 젖어본다
많은 세월 속에서도 변하지 않은
겉포장의 연보라 색깔과 디자인
나의 겉모양은 많이도 변하였건만
너는 어찌하여 그대로 인가
참으로 묘한 느낌을 너로 인하여
가져본다

세월의 빠름에서도
너는 아무런 변함 없이
57년 전의 네 모습 그대로
맛도 향도 그대로 지녔구나
변한 건 나 자신일 뿐
추억이란 머릿속 어딘가에서
항상 기다리고 있음을...

기다리는 불안감

내일 심장검진을 받는다
기다리는 오늘밤이 더 불안하다

드디어 결과가 나와
의사 선생님과 같이 모니터 속
내 몸을 들여다본다
설명을 듣고도 지나쳐버리고
나쁜 부분만 겨우 기억한다
팔순을 맞이하는
나의 인지능력 부족일까

집으로 돌아오는 길목에서
되뇌어본다
다행히 심장 쪽은 정상인데
목 속 혈관 벽에 찌꺼기가 많이 끼였고
갑상선에 작은 혹이
두렵고 불안하다

저 멀리
노을속 지는 해가
산마루에 걸쳐 있다
다리가 휘청거린다

행복이라는 이름의 향수

선물 이란
받는 것보다 주는 것이 훨씬 좋다고
아직도 받는 것이 더 좋아
내 아들의 선물은

흰머리 황혼 객이
거꾸로 걸어간다

저만치 서산마루에
걸려 있는 해 덩어리가
살짝 웃는다
떠오르는 태양만큼이나
지는 해도 아름다워
비록 같이 사라질지라도
그래서 오늘은 신비로워

오늘 아들이
2020년 크리스마스 선물로
향수를 뿌려준다
행복의 향기가
온몸을 감싸고
사방으로 번진다
행복이라는 이름의 향수

행복의 절정

새하얀 목화솜 구름
어릴 적 온돌방 바닥
솜이불이 생각난다

팔순 입구에서
이제는 아들이 내게 가져다주는
뷔페 음식 먹이 놀이

남산 하이얏트 호텔 테라스 레스토랑
2020년 크리스마스 점심을
아들과 같이 먹는 지금
아름답게 펼쳐진
고요한 창밖의 풍경
하이얀 뭉게구름 속에서
먹고 있는 행복의 절정

사랑하는 아들과 마주 앉아
여유롭게 쳐다보며 즐기는 풍요로움
오늘이라는 하루가 주는 커다란 선물
누군가에게
그저 감사할 뿐이다

일본 순사가 서 있다

올겨울이 유난히 춥다고
겨울 모자를 보러 갔다
어느 매장의
마네킹이 쓰고 있는
창이 넓은 검은색 모자

아들이 엄마를 젊게 보이고 싶어
그 모자를 택했다
어울리는 듯하지만
너무 젊은 스타일이다

또다시 고른
창이 짧은 육각형의 검은색 모자
거울 속의 내 모습에
아들은
일본 순사가 서 있단다
한바탕 웃고 나오면서
모자가 순식간에
사람을 변화 시키는군요

머리형이 미인을 만들 듯
예복이 지위와 품위를 지키듯
모자도 얼굴 모습을 많이
좌우한다는 걸
거울 속 일본 순사가 말한다

생의 여행객

바람이 분다
그래 날자
하늘까지 날아가 보자
발바닥에 짓눌렸던 슬픔들
잃어버린 나 자신
가면의 나를 벗고
높다란 하늘로 날아간다

푸른 하늘
참으로 자유롭고
평화스러워

서산마루에 걸터앉은
새하얀 여행객

잠깐 사이
바람처럼 왔다가
떠나가는
생의 여행객이다

열광하는 팬(fan)

우리 모두는 뭔가에 열광하는
팬이다
요즈음 트롯 맨 임영웅 팬이 많다
나는 축구선수 손흥민 팬이다

오늘 뉴스의 축구 소식
손흥민의 백 번째 골이다
저 절묘한 몸놀림
순간적으로 판단하는 저 예리함
또 한 동료들에게 던지는
배려의 도우미 몸짓
장장 70여미터를 단숨에 달려와
펼치는 발놀림
명석한 두뇌의 놀이이다

거기에다
관중의 함성도 같이 들린다
나도 같이 열광하며 소리 지른다
20대 초반 독일에서 맛보았던
그 절정의 시간 속으로 걸어간다

비록 팔순의 입구에 서 있지만
마음은 아직도 뒷걸음질 한다
열광하는 순간은 청춘이다

순간의 행복

따스한 이불 속의 포근함처럼
따뜻한 욕조 물속의 행복감
김이 모락모락 나는
대구탕을 먹는다

정다운 친구와의 속삭임
가까운 매봉산에서 들려오는
참새 소리 까치 소리 비둘기 소리...
창밖의 햇빛을 바라보며
창안의 꽃밭에서 웃고 있는
제라늄 풍란을 마주하며
커피를 마신다

지금
이 나이에 즐기는 순간들이
행복이란 걸
피부처럼 가깝게 느껴진다

아득하게 느꼈던
팔순 나이
곁에 있는 모든 게
아름답다

송정 바닷가에서 1

송정 바닷가 새벽
아침 해가 수평선을 넘어오는 순간의
웅장함과 찬란함,
새 빠알간 아기 해 덩어리
모두에게 똑같이 원동력을 쏟아준다

오늘도 지나간 어제 같은 햇빛
울퉁불퉁한 큰 바위에 부딪혀
부서지는 파도의 커다란 파장
인생의 굴곡을 모두 쓸어간다
잔잔한 파도는 가을 햇살에
은물결 금물결을 펼치고
바다 위 갈매기들이 맴돌다가
어딘가로 날아간다

탁 트인 바다의 평화로움
하늘처럼 푸른 바다의 싱그러움
기쁠 때나 슬플 때나 찾아왔던 바닷가
수평선 저 너머 나의 파랑새가
날아오리라 기다렸던 바닷가

늦가을 황혼 길에서 바라본 바다는
잔잔한 파도 물결에
나의 시름 다 흘려보낸
그 바다가 그냥 좋다

송정 바닷가에서 2

11월 늦가을 송정 바닷가
새벽 바다 위
한 어부가
노를 저으며 들어온다

노인과 바다의 한 장면
처절했던 노인의 끈기와 인내심

밤바다의 망막함은 잊은 채
새벽의 신선한
갯바람 갯내음과 더불어
오늘로 이어간다

내일
또 고기 잡는 어부
변하지 않는 바다와 어부
끈질긴
삶의 노끈을 놓지 않는다

숙이라는 이름

아들에게서 온 카톡
오늘 숙이라는 이름의 손님이 왔다고
엄마의 이름도 집에선 숙이라고
불렀다면서요

숙아
동생 업고 놀아라
엄마의 소리가 들린다

초등학교 갔다 돌아오면
등에는 언제나 동생들이
조금 뒤엔 허리춤에
걸려 있는 동생들

내 이름은 두 개
집에서는 숙이
학교에서는 영이다

정겨운 이름
숙이가 듣고 싶다
팔순의 문턱에서

슬픈 아침

호접란 꽃대가 보인다
거실 꽃밭에
꽃대가 부러졌다
작년에도 두 대
올해 또 두 대를
무리하게 세우느라
나비 꽃을 죽이다니

바로 서서 반듯하게 핀다고
더 아름다운 것도 아닌 것을
팔순 입구에서
예전처럼 손의 촉감이
예민하지도 않아
자연 그대로 두자고 했건만
또 이런 실수를

연보라색 나비를 쳐다보며
커피 향의 황홀감을

몇 개월 간
즐기지 못하게 만든
슬픈 아침이다

치열한 삶

모처럼
보글보글 끓고 있는 전골을
먹고 있는 아들이
쉬는 날
일요일 점심시간에도
걸려오는 카톡에 답을 한다

잠시나마 엄마와 더불어
맛있는 밥을 먹을 수 있는
즐거움을 마련하기 위하여
얼마나 치열한 삶의 대열에서
뛰어야만 하는가를 보여준다

아마 하늘 아래 모든 조물들은
하나같이 삶의 대열에서
몸부림칠 것이다
땅 위의 식물들 역시

급변하는 기후에 부응하며
피고 지고

이렇게
살아있는 모든 게
삶과의 치열한 싸움이다

꿈은 이뤄지고

코로나 19로 우울한 나는
미스터 트롯을 본다
목청껏 부르는 노래들은
내 영혼을 적시는 호소력이다

7명의 트롯맨
하나같이
슬프게 지나온 가시밭길
깜깜한 터널 속을
헤매이고 헤매이다가
쏟아지는 햇빛 듬뿍 받는다

맘속 진흙 덩어리 먹구름들
소리로 목소리로 온몸으로
뿜어내었고
그들의 간절함은
모두 노랫꾼으로 탄생한다

관객들을
슬픔에서 기쁨으로
다 같이 흥에 겨워 춤추게 한다

옥잠화 한 송이

거실 속 화분을 청소하다가
우연히 마주친 옥잠화
호접란 화분 곁 꽃이 초록 잎 속에서
배시시 올라오는
옥잠화 꽃봉오리 한 송이
뱅긋이 솟아오르는 곧은 꽃대
놀랍고도 신비한 자연의 위대함
좁다란 화분 속에서
내게 안겨준 커다란 기쁨이다

60 여 년 전 우리 집 정원의 꽃밭에서
옥잠화 꽃송이들이 나를 부른다
어린 시절 친구 같은 다정한 숨결로
거실 속 옥잠화 꽃봉오리에서
저녁 노을속의 따스한 반가움으로
안겨온다

옥잠화 너를 이렇게 가까이
마주 보는 게 60여년이 지났구나
너와의 인연도
언젠가는 만나게 되는가보다 어릴 적
대문 열고 들어서면 넓은 우리 집 꽃밭
거실 문 바로 앞에서 청순하게
방긋 방긋 웃으며 팔랑거렸지

아름다운 새끼들

매봉산 입구
따스한 오후 시간
언젠가부터 까치들의 놀이터
새끼 까치들의 산뜻한 맵시에
들양이도 넋을 잃고 고개를 하늘로
사랑의 눈길을 길게 던진다

짧게 짧게 뛰어가는
깜찍한 애기 토끼
가볍게 지저귀며 날아가는
새끼 참새들의 귀여움
작디작은 동물의 새끼들이
정말 아름답다

한가한 오후 매봉산 광장에서
아장거리는 저 아가들의
사랑 덩이가 가장 아름답다

도착지

문득, 고개를 치켜들고
날아가는 새를
유심히 바라보는 순간
비행기 한 대가
같은 방향으로 날아간다

너무나 닮은 새의 모습과 비행기
비행기 안의 무수한 군상들
새로운 곳을 즐기려 가는 관광객들
보고 싶은 누군가를 만나러 가는 사람들

새가 날아가는 곳은 어디일까
비행기는 정해진 도착지로 날아간다

황혼 속 여행객들도 비행기보다
빠른 걸음으로
정착지를 향해 달려간다

욕심

'욕망의 무덤' 이란
그림
내안에 움츠리고 있다

보이고 싶지 않은 욕심덩어리
세월 따라 더 부풀어 오른다
무덤까지 갈까 두려워

오늘도
채워지지 않은 물 잔이
더 여유롭게 보인다는 말을
되뇌어본다

순수의 들판에 서 있는
한그루 나목이고 싶다

황혼 길에서 헤매고 있는 가지가
휘청 거린다

유튜브의 자화상

유튜브에
나타난 내 모습에
깜짝 놀란 황홀감에 휩싸여
어리둥절한 체
구름 위를 걷고 있는
나의 발자국을 더듬는다

경험하지 못한
낯선 세상에
나도 거닐고 있다고
환희의 날개로
누군가에게 날아간다

유튜브를 펼치고 있는
무수한 나비들이
윙윙 거린다

닮은꼴 1

엄마하고 나란히 걸어가는
세 살 배기 아가의 걷는 뒷모습
붕어빵처럼 닮았다

닮은꼴 2

빙긋이 웃음이 나온다
지난날 아들과 나란히 걸어가는
뒷모습 본 친구가
붕어빵보다 더 닮았단다

닮은꼴 3

저만치 황혼 객 노신사도
물끄러미 쳐다 보며
입가에 웃음이 보인다
누군가를
그리고 있었다

닮은꼴 4

아가의 걸음걸이가
어느새 비행기 보다 빠르다

축구공이 가볍다

매봉산에서 하산하여 집으로 돌아오는 길
옆으로는 학교 운동장과 담을 이루고 있다
갑자기 내앞에 축구공이 날아왔다
달려가 잡고선 엉성한 소나무 잎사귀 틈으로
날렸다 학생들의 함성
어머니, 최고의 운동선수, 감사합니다
어린 학생들의 힘찬 응원에
나의 발걸음이 더욱더 가벼워졌다

해질녘 길손에게도
아직 운동신경이 남아있어
쳐다본 그 지점이 꽤나 높았다
축구공이 생각했던 것 보다 훨씬 가볍고
처음으로 축구공을 만지고
던져보았다

축구팬들의 함성이 들린다
드라마 같은 축구경기의 묘미
각본없는 인생이란 연극이다
이 가벼운 축구공 하나에서
그 많은 인생을 연출한다

시컵 했습니다

갑자기 머리가
터질 듯이 아팠다
MRI 속 뇌출혈
넘어질 듯 시컵
아들도 시컵
조카도 시컵
친구도 시컵
정말 시컵 했다
지금 나는
떨리는 다리로
응급실 침대에
누워있다

* 시컵 했습니다 : 무서워 떨리는 상태인
          식겁했습니다의 부산 사투리

팔순의 꽃 폐암

2021년 팔순으로
들어가는 문턱에서
맞이한
팔순의 꽃
폐암

새 파아란 풀꽃 폐암아
하루도 떨어질 수 없는
네 끈기에
순한 세포 덩이가
쓰디쓴 애인과 같이
네게 다가간다
저 멀리 널 떠나보내고 싶어

팔순의 풀꽃이
들숨 날숨을
보내는 동안......

절망 속에 한줄기 빛

캄캄한 먹구름 속 판정
폐암
눈을 감았다
한줄기 가느다란
빛줄기가 눈으로 들어온다

빛살 속을
거닐고 있는 듯
몽롱한 의식이
조금 출렁인다

가늘고 가느다란 빛줄기여
내 곁을 지켜주오
환한 대낮으로
네 빛에 눈이 부시는 날
춤추며 눈물 나도록 웃어요

고마운 아들

눈을 떠 보니
병원 침대

겨우 생각해낸 게
새벽에 침대에서
한걸음 떼는 순간
이마를 방바닥에 부딪치곤
캄캄한 암흑 속으로

폐암 환자인 엄마가 또
엎어져 기절을 했다니
너무 놀란 아들
멍하니 천장을 쳐다보며
숨을 내뱉는다

아—
사랑하는 아들에게 미안하고
짐만 안겨 주는 어머니가 되어 있구나
제발 이 멍에를 어서 벗겨 주십사고
간절하게 두 손 모아 기도할 뿐이다
환한 아들의 미소가
내 가슴을 가득 채운다

숨결
– 이하영(아들)

하늘 끝에서라도
우리 아들 눈을
볼 수 있다면
나는 그에게
조용히 말하련다

아들아
네가 보고 싶어
바람이 부는 거란다

* 꿈속에서 들려온 엄마의 '시' 라고 함

달콤한 치료제

2021년 6월 어느 날
새파란 하늘과 구름
따스한 햇살이
잔잔한 치료제로 스며든다

초록의 남산에서 쳐다본
청명한 하늘이 바로 내 위에서
따스한 사랑을 뿌려준다

기저질환자인 나에게
풍성한 치료제인 아들
황홀하리만큼 아름다운
남산의 진초록

그 위에
사랑하는 아들과의
점심 나들이는 내게
가장 달콤한 치료제였다

첫사랑 노래

은은하게 들려오는
황홀한 멜로디
내 인생의 첫사랑

마음껏 그려보는
첫사랑의 흔적

못다 핀 꽃봉오리
커다란 사랑 덩어리
마지막 사랑으로
가슴 어딘가를
차지하고 있다네

팔순의 냉랭한 온기에도
첫사랑의 멜로디에
젖어든다

내 나이 여든 살에
폐암이라는 친구와 함께 지내는 여정

허공에서 들려온 듯,
폐암이라는 말이
내 귀에 꽂혀지는 순간
온몸이 후들 거렸다
내 나이 팔십 세가 주는 세월의 두려움,

다행히 타그리소라는 천사가
나를 매일 낙원으로 데려가며 속삭인다
언젠가는 우리들 헤어져
가끔씩 만나게 될 거라고

눈에 보이는 것 들려오는 소리 모두
황홀하리만큼 아름답다는 걸
새 삼 느끼게 되는
팔순이라는 나이 앞에

폐암이라는 친구가 나와 함께 가잔다
타그리소 앞에선 저절로
작아지는 폐암아
우리 서로 제 갈 길로
가면 어떨까

* 타그리소 : 폐암 치료제

수건과의 56년 해로

백 년 해로 하는 부부가 드물지 않을 것 같아,
나에겐 56년 해로 하는 수건 한 장이 있다
1965년 독일의 어느 수녀님이 내게 선물한
연분홍 살 색 꽃무늬의 큰 타올
너무 예뻐서 사용하지 않고 보관만 했던 걸
팔순으로 접어든 이젠 있는 것 모두 사용하고
버리면서 서로 떠나는 연습을
그러면서 찾아낸 그 예쁜 수건을 사용하다
지나간 추억에 젖어본다

딱딱하고 전형적인 독일 수녀님의 모습에서
살짝 풍겨 나왔던 따뜻한 사랑을
흠뻑 맡을 수 있었던 순간 들
겉모습은 석고상이지만 따끈한 가슴을 가졌던 그녀

기저질환자인 내게 나날이 다만 기적처럼
느껴지는 오늘 누군가에게 그저 감사를,
쉰여섯 살 수건으로 따뜻한 핫 팩을 싸서 배 위에
얹어 물리 치료를 하면서

56년 전 20대 초반의 나로 돌아가
Heldemara 수녀님과 나란히 걸어가며 얘기한다
수녀님 참으로 고마웠고 사랑합니다
하늘나라에서는
조금 편안하게 살아가십시오

하이얀 철쭉

아파트 산책길에
유난히 반짝이는
하얀 철쭉

연보라 분홍 빨강 철쭉 가운데
선명하게 돋보이는
하이얀 네 모습

색 중의 가장 화려하고
아름다운 색이
흰색이란 걸
새하얀 꽃잎들이
속삭인다

석양의 해를 받아
성스럽게 반짝이는
순백의 철쭉
4월의 꽃 철쭉
여왕이라고 합창을 한다

찔레꽃 추억

매봉산 중턱의
하얀 찔레꽃

달콤하고 산뜻한 네 향기
풋풋한 사랑의 향수

싱그러운 5월
상큼한 꽃향기에 겹쳐지는
파아란 그리운 내음

손톱 밑 가시처럼
아프고 쓰린 안타까운
젊은 날의 작은 찔레꽃

저물어 가는 황혼길 위에
추억으로 피어난다

해당화 잎 차

누군가 보내준 해당화 잎 차
씁쓰레한 맛에 이끌려
찻잔을 든다
처음으로 만난 잎 차

맑고 푸른 5월
바다 향 머금은
상큼한 꽃향기와
쌉쌀한 잎 차를 만나
조화를 이루는 해당화 나무

미묘한 쓴맛의
해당화 잎 차
5월의 차로
한 모금 더 마신다

너로 인해 꿈을 꾼다

2021년 6월의 앵두
이름도 예쁘고
색깔도 밝고 산뜻하고
맛도 상큼하다

어린 십 대와 청춘의 상징
지금 내 곁엔
어딘가로 훨훨 날아 가 버렸다

또 내년 이맘때쯤
너는 내게 돌아와
생글거리며 뭇사람의
사랑도 받을 거야

기저질환자인 난
80대의 흐려진 눈으로 널
맞으면서 웃고 있을지 모를
내일만이 기다리고 있어
오늘의 네 모습에
한껏 즐기련다

친절한 노신사

코로나 백신 예방접종을 하는 날
우리 아파트 입구에서 지정된 셔틀버스를
타고 가서 맞는다고 했다
내려 왔다가 아침 약을 먹지 않아
다시 올라가 먹고 나오니 방금 출발 했단다

허겁지겁 택시를 타고 가서
접종을 마친 후 우리 아파트 방향의
셔틀버스를 타러 나오니 방금 또 떠났단다
할 수 없이 우리 아파트 근처
아파트 방향의 차에 탑승 그러나
이미 빈자리가 없어 서 있기 불편한 찰라
어느 노신사가 점잖게 일어나서
자기 자리에 앉으란다 대부분 안쪽은
비워두고 바깥쪽 자리에 앉아 있었다
순간 천사의 음성 나의 수호천사였다
내리면서 그저 감사하다는 인사말 만 했었다

처음부터 지각생은 끝까지 지각생
그래도 노신사의 친절한 배려에
다시금 아름다운 인간의 마음으로
흐뭇한 웃음을 자아내게 한다
비록 내 마음을 활짝 열어 보일 수는 없었지만
감사한 내 마음 꼭 전해 줬기를 바란다
기저질환자의 불안한 나들이에
가느다란 즐거움 안겨준 외모에다 인성까지
곁들인 낯선 노신사 온종일 가슴에 남아 있었다
아름다운 날이다 아직도 이런 친절함이 있기에......

다정한 시인 안창남

입 덧을 하는 임신부처럼
변덕스러운 입맛
밥 먹기가 두렵다

그런데 누군가
가져다준 국물김치
동생 같은 안창남 시인의
사랑표 국물김치
내 입맛을 돌아오게 해준
고마운 사람

좋은 솜씨에 착한 마음
정성까지 곁들인
새콤달콤
그윽한 김치국물과 건데기

폐암 환자인
변덕스러운 입맛을
그나마 제자리로 돌려준
고마운 국물김치
나의 사랑스러운
문우 안창남

친절한 시인 이용이

어느 날 갑자기
병원 침대에서 맞이한
폐암 판정
순간
세상이 거꾸로 돌아간 듯
귀가 꽉 막히고
눈앞이 캄캄하다
하나 둘 셋이라는 숫자도
가물가물
조금 정신이 돌아 온게
얼마 쯤이였을까

나를 시 창작반으로 데려와
시인으로 태어나게 해준
고마운 사람 이용이 시인

몇 년째 항암 치료를 하고 있었지만
이토록 큰 절망의 터널을 뚫고

견뎌내는 인고의 삶 속에서도
나를 대신하여 베풀어준 많은 일에
그저 감사할 따름이다
정말 고마운 사람은
이용이 시인이다

강아지 세 마리

6월의 어느 날 오후
매봉산 초록길에서
내려와 걷는 산책길 위의
강아지 세 마리

바로 앞에 걸어가는
외로운 뒷모습의 젊은이
세 마리의 줄에 흘러 내리는
네 고독이 주렁주렁
매달려져
세 마리의 강아지가
끌고 가네

절망 속에 시의 햇빛을 건져 올리다

박 정 이(시인, 평론가)

나뭇가지에 걸려있는 햇빛 부스러기를 모아오듯 고운 초록 비를 쓸어내려 시를 잉태시켰다. 모든 우주 속에 흐르는 감성들을 하나하나씩 살려내어 시의 구름을 만들었다. 별이 태어나고 또 태어나듯 이영 시인의 시의 싹은 모든 생의 길이 멀어도 주관적으로 묘사한 시어들을 차용하듯 권유적 진술로 표현을 잘 조화시킨 작품이다.

아래의 작품을 보자.

> 캄캄한 먹구름 속 판정
> 폐암,
> 눈을 감았다

한줄기 가느다란
빛줄기가 눈으로 들어온다

빛살 속을
거닐고 있는 듯
몽롱한 의식이
조금 출렁인다

가늘고 가느다란 빛줄기여
내 곁을 지켜주오
환한 대낮으로
네 빛에 눈이 부시는 날
춤추며 눈물 나도록 웃는다

– 「절망 속에 한줄기 빛」 전문

이영시인의 관행적 형태의 권유에는 한계가 있지만 지향
하는 의미에는 진솔하고 절절한 현실 앞에서 온몸으로 허
공에 걸터앉아 있는 화자에게 환한 한낮의 빛이 스며든다.
절망 속에 갇혀있는 감옥의 가슴에 춤을 추어도 눈물이
나도 그냥 웃을 수 있는 것은 한줄기 빛이 있기 때문이다.

다음 작품에서 의미를 찾아보면

눈을 떠 보니
병원 침대

겨우 생각해낸 게
새벽에 침대에서
한걸음 떼는 순간
이마를 방바닥에 부딪치곤
캄캄한 암흑 속으로 들어간다

폐암 환자인 엄마가 또
엎어져 기절을 했다니
너무 놀란 아들
멍하니 천장을 쳐다 보며
숨을 내뱉는다

아—
사랑하는 아들에게 미안하고
짐만 안겨 주는 어머니가 되어 있구나
제발 이 멍에를 어서 벗겨 주십사고
간절하게 두 손 모아 기도할 뿐이다

환한 아들의 미소가

내 가슴을 가득 채워준다

– 「고마운 아들」 전문

생의 길을 멈춘 것처럼 떨리는 마음으로 기도했을 어머니의 깊은 사랑이 묻어난다. 타다 남은 노래처럼 흐린 구름 곁에서 속울음을 묻고 그 울음을 바람의 가슴 즉 아들의 가슴에 울음을 매달고 있었을 것이다. 슬픔은 이른 계절을 미리 당겨 폐암이라는 진단 속에서도 희망을 잃지 않는 어머니의 마음이 잘 표현 되어있다 모호한 발상이 한편의 시를 잉태시킨 이영시인의 인내를 지금 나는 보고 있다.

다음 작품을 살펴보자.

하늘 끝에서라도

우리 아들 눈을

볼 수 있다면

나는 그에게

조용히 말하련다

아들아

네가 보고 싶어
바람이 부는 거란다

* 꿈속에서 들려온 엄마의 '시' 라고 함

– 「숨결」 전문
– 이하영 (아들)

　고요를 포옥안긴 기다림인 듯, 아들의 애틋함이 그대로
표현되어 있다.
　숨결, 어머니와 아들의 숨결이 숨결로 이어지듯, 이 작품
은 많은 사람들에게 감동을 줄 것이다. 일반적으로 사실적
인 아들의 효도가 그대로 그려지고 형체가 분명하게 그림자
가 되어 그늘이 되어있다. 심리적으로 느끼는 강도가 훨씬
깊게 배어있다 떨리는 아들의 기도와 떨림으로 전해지는 어
머니의 기도가 명시적이다.

2021년 6월 어느 날
새파란 하늘과 구름
따스한 햇살이
잔잔한 치료제로 스며든다

초록의 남산에서 쳐다본
청명한 하늘이 바로 내 위에서
따스한 사랑을 뿌려준다

기저질환자인 나에게
풍성한 치료제인 아들
황홀하리만큼 아름다운
남산의 진초록

그 위에
사랑하는 아들과의
점심 나들이는 내게
가장 달콤한 치료제였다

– 「달콤한 치료제」 전문

초록의 남산에서 새들이 춤사위를 하며 어머니와 아들의 달콤한 데이트를 응원하듯, 더 짙은 초록이 되어 햇살의 화살이 된다.

굳센 건강이 달콤한 치료제가 되듯 이 작품에서 시적 사유들이 시적사고들로 표현되어 있다. 시에 대한 전문용어

를 많이 안다고 해서 좋은 시가 될 수 없듯이 리얼하게 문
학적 담론에 준하여 쓰면 되는 것이다.
　다음 작품에도 시적사고가 들어있을까 살펴보자.

　　　허공에서 들려온 듯,
　　　폐암이라는 말이
　　　내 귀에 꽂혀지는 순간
　　　온몸이 후들 거렸다
　　　내 나이 팔십 세가 주는 세월의 두려움,

　　　다행히 타그리소라는 천사가
　　　나를 매일 낙원으로 데려가며 속삭인다
　　　언젠가는 우리들 헤어져
　　　가끔씩 만나게 될 거라고

　　　눈에 보이는 것 들려오는 소리 모두
　　　황홀하리만큼 아름답다는 걸
　　　새 삼 느끼게 되는
　　　팔순이라는 나이 앞에

　　　폐암이라는 친구가 나와 함께 가잔다
　　　타그리소 앞에선 저절로

작아지는 폐암아

우리 서로 제 갈 길로

가면 어떨까

*타그리소 : 폐암 치료제

　　　　　－「내 나이 여든 살에 폐암이라는 친구와
　　　　　함께 지내는 여정」 전문

"말 하나하나의 저 밑에서 나는 나의 탄생에 참석한다"고 했던 － 알랭 보스케 말이 생각난다. 이영시인은 나이 여든에 찾아온 폐암이라는 병을 부인할 수밖에 없을 것이다 어떤 의도적 체계도 아닐텐데 갑자기 찾아온 병, (타그리소) 라는 폐암 치료제를 쓰며 병마와 싸우고 있다. 그러면서도 웃음을 잃지 않고 살아가는 아름다운 이영시인에게 큰 박수를 보내고 싶다.

백 년 해로 하는 부부가 드물지 않을 것 같아,

나에겐 56년 해로 하는 수건 한 장이 있다

1965년 독일의 어느 수녀님이 내게 선물한

연분홍 살 색 꽃무늬의 큰 타올

너무 예뻐서 사용하지 않고 보관만 했던 걸

팔순으로 접어든 이젠 있는 것 모두 사용하고
버리면서 서로 떠나는 연습을
그러면서 찾아낸 그 예쁜 수건을 사용하다
지나간 추억에 젖어본다

딱딱하고 전형적인 독일 수녀님의 모습에서
살짝 풍겨 나왔던 따뜻한 사랑을
흠뻑 맡을 수 있었던 순간 들
겉모습은 석고상이지만 따끈한 가슴을 가졌던 그녀

기저질환자인 내게 나날이 다만 기적처럼
느껴지는 오늘 누군가에게 그저 감사를,
쉰여섯 살 수건으로 따뜻한 핫 팩을 싸서 배 위에
얹어 물리 치료를 하면서

56년 전 20대 초반의 나로 돌아가
Heldemara 수녀님과 나란히 걸어가며 얘기한다
수녀님 참으로 고마웠고 사랑합니다
하늘나라에서는
조금 편안하게 살아가십시오

     – 「수건과의 56년 해로」 전문

56년 전 20대 초반으로 돌아가 Heldemara 수녀님과 나란히 걸어가며 얘기하고 있는 추억의 수녀님, 그 고마움을 잊지 못하고 사랑하는 이영시인의 따뜻한 마음을 우린 느낄 수 있다. 묘사의 구사와 시점이 아니어도 충분히 익어있는 시를 우린 다시 느껴볼 수 있으며 쉰 여섯 살 수건 한 장을 간직한건 기저질환 환자에게는 더 깊게 다가올 것이다 독일에서 지내시다 오신 하얀 천사 이영시인의 작품은 참 사랑이 많다고 느껴진다.

다음 작품을 살펴보자.

갑자기 머리가
터질 듯이 아팠다
MRI 속 뇌출혈
넘어질 듯 시컵
아들도 시컵
친구도 시컵
정말 시컵 했다
지금 나는
떨리는 다리로
응급실 침대에
누워있다

* 시킵 했습니다 : 무서워 떨리는 상태인
　　　　　　　식겁했습니다의 부산 사투리

– 「시킵 했습니다」 전문

　　마지막으로 이영시인의 작품 (시킵 했습니다)를 보면 의미 중시의 일반적 시행을 드러난 화자로 표현했다는 점과 비유 없는 축어적묘사로 잘 표현했다는 점, 그리고 순수 부산 사투리로 표현했다는 점에서 리얼하게 잘 썼다고 생각한다.

　　이렇듯이 이영시인의 두 번째 시집 (시킵 했습니다)는 시적언술과 대상안식에 대한 것도 시적표현의 이해와 대상과 시적 구조와 의도적 의미와 비유의 활용에서 오지 않을까 생각한다. 또한 의도적 의미와 숨은 화자도 은유로써 잘 그려냈으며 폐암이라는 병마와 싸우면서도 시의 끈을 놓지 않고 꾸준히 시를 쓰신 이영시인에게 어서 빨리 완쾌되시길 빌며 오늘도 병마에 시달리고 있는 많은 사람들에게 용기를 준 시집이 되길 기도해본다.